그의 목소리에서 바다 내음이 났다

윤여건 시집

KB075055

누군가 40대를 제2의 질풍노도의 시기라고 했던가? 여기에 그 흔적들을 모아 놓았다. 어디선가 방황하고 있는 이가 있다면 그 또한 나였으므로, 여기에 실린 시들이 그에게 작은 위로가 되길 바란다.

— 빗속에서도 저마다의 색을 칠하는 4월에

윤여건

차 례

● 시인의 말

제1부

제2부

제3부

제4부

제1부

죽음의 뼈대로 허공에 다리를 놓다

언제부터 그랬는지 모른다. 누구도 하늘에 대해 말하지 않고 바람의 채찍 맞으며 굽이쳐 흘러가는 물길에 대해 묻지 않는다.

강물의 피부 위로 햇살이 출렁이는가? 어디선가 첨벙대는 소리. 그곳은 들어갈 수 없는 통제구역. 날개가 달려 있는 금붕어처럼 선택받은 물고기만이 물 밖 세상과 입을 맞추네.

흐르는 강물과 물 숲과 금빛 모래톱과 왜가리 울음소리. 보고 듣지 못하고 살아가는 우리는 소용돌이 속에서 죽어가거나 아니면 먹이의 갈고리에 입이 꿰어 침묵하거나.

굴뚝에 오른다. 새에게로 가는 것이다. 새에게 먹히러 가는 것이다. 바닥에 사는 물고기가 죽음의 뼈대로 허공에 다리 하나를 놓으러 가는 것이다. 물로 이어진 생태계 지도가 바람이 내쉬는 숨소리에 펄럭이는데, 쓰레기 더미에 던져져 생목숨으로 썩어가는 것들……

운명이 내게 말했다

낮처럼 깨어 있는 교차로의 신호등. 나는 허공에 떠 있는 붉은 혓바닥을 자르고 도로를 횡단한다. 우측 차로에서 빛에 달구어진 눈동자가 눈꺼풀을 파르르 떨며 달려오고 아, 나는 중앙선에 갇히고 말았네. 그런데 편안하다. 손바닥을 세워 흔들지 않고 시간의 감정을 잃어버린 얼음처럼 그렇게 죽음을 맞이하고 있다. 지나가는 차창에서 욕지거리가 떨어져 바닥에 굴러다닌다. 그제서야 심장이 고추냉이 먹은 듯 쓰려오고…… 금 간 백미러에서 나를 보네. 나는 웃으며 위로의 손을 내미네. 그런데 내 손을 잡는 건 옥황상제가 보낸 운명 ; *내가 너를 사랑해서 이번이 마지막 경고야. 응? 더 이상은 볼 일 없어.* 불법도 자신감의 문신으로 생각했던 내게, 그렇게 거만했던 내게 운명이 제 운명을 거스르며 핸들을 꺾고 있다.

그의 목소리에서 바다 내음이 났다

"사는 게 왜 이렇게 힘들고 즐겁지 않냐? 어떻게 살아야 하냐?"

H가 배달 물건을 정리하고 떠난 뒤 나 또한 그에게 대답해 줄 어떠한 답도 가지고 있지 않음을 알았다. 내일 그에 관한 어떤 소식이 날아온다면 분명 불행하리라.

비행기를 타고 파리로 날아갈 수도 있고 언제나 내 마음대로 할 수 있지만 왜 나는 아무것도 없는 외로운 삶을 살아야 하지요?*

라디오에선 기타 하나의 선율에 실린 여가수의 목소리가 가을빛 우산을 편다. 이 노래가 지금 걸어가고 있는 길을 낯설게 만들고 처음 만났던 나에게로 다시 데려다주는 것만 같아 순간, 뜨거운 것이 차올랐다.

H는 영화감독이 되고 싶다고 했다. 지금도 그 꿈을 가끔 생각하지만 이미 멀리 와 버린 걸 그는 안다. 그는 새벽 배

달부. 오늘도 배달이 끝나면 철새처럼 또 다른 강을 건너야
한다.

  H로부터 전화가 왔다. 주말마다 서울에 올라가 가보지
못한 곳을 탐방하고 싶으니 함께하자는 거였다. 그의 목소
리에서 바다 내음이 났다. 나는 마침내 그에게 대답해 줄
말이 떠올랐다 ; *수평선은 여행자에게만 들리는 신의 피리
소리. 그 소리를 따라 걸어가는 자욱길은 너의 수평선을 꾸
준히 넓혀 줄 거라네.*

* 캐롤 키드가 부른 〈When I Dream〉의 가사를 인용함.

즐거움에 관하여

Verse 1. 만족

허리를 졸라매도 허리에도 차오르지 않는 만족. 사다리를 타고 올라도 열매 없는 부족. 포기한다. 기대 없으면 이룰 게 없으니 쉽게 만족. 만족할 게 아무것도 없으니 포기한다. 인간은 잔인하게 살아도 전쟁이라 생각하면 부끄럽지 않은가 봐. 개선문을 걷기 위해 너를 짓밟았을 뿐. 죽음도 그들에겐 평등한 만족. 역사가 심판해도 죽은 내가 무슨 상관. 아침마다 기지개 켜고 일어나는 즐겁지 않다. 즐겁지 않다.

Verse 2. 생존의 즐거움

나는 키 작은 나무. 내가 버티며 사는 건 태양의 멸망. 햇살이 수직으로 떨어지는 정오를 지나 오후가 오면 나는 키 크는 나무. 수직이 유혹하는 것을 버려야만 태양은 낮은 곳으로 내려오지. 어슷하게 기우는 빛이 키 큰 나무 사이로 들어와 키 작은 나무의 그늘을 말리네. 아침을 살지 않고 정오에 오른 태양은 오후를 기다려 온 생명을 보지 못하지. 나는 노을을 기다리는 키 작은 나무. 차가운 뿌리까지 비춰 주고 떠나간 멸망이 새벽을 깨우며 다시 돌아오네.

Verse 3. 정신의 즐거움

모든 걸 잊어. 모든 걸 지워. 아무것도 없을 때 순간을 살지. 하지만 검색하지 않아도 창이 뜨네. 창은 창을 부르고 지워도 다시 나타나는 마음의 오로라. 바이러스에 걸린 찌그러진 눈이 이대론 살 수 없어 외치네. 돌고 도는 시곗바늘은 째깍거리는 점으로 기록을 지워 언제나 정확해. 골문을 향해 날아가는 공은 점이 점을 밀어내 한 점을 얻어. 한 점은 순간. 침묵을 느끼는 순간 내 목소리가 들려. 순간 나는 어둠의 입체로 그려진 나의 형상을 바라봐.

지구를 생각한다

"당신, 배려는 있는 사람이야!"

그녀는 말했다.
왜 문을 열고 들어와 자기를 데려가지 않았느냐고

술만 마신다.
나는 정상인가?

몽테뉴가 내게 말한다.

그녀만의 잘못이 아니야.
너의 불완전함이 그녀에게 영향을 미친 거야.
그러니 받아들여.

밤바다가 차갑게 내 머리를 출렁인다.
갑판 위에서 지구를 생각한다.

그래, 이 세상 모든 것들은 서로 이어져 있지.

조각난 대륙이 이어져 있고
폭발하는 별이 탄생과 이어져 있고
눈물 흘리는 사람이 즐거운 함성과 이어져 있고

조각하는 형에게 그런 지구본을 만들어 달라고 전화를
건다.

더 아파도 좋겠다

다리와 허리를 이어주던 관절들이 빠져 버렸다.

못을 박거나 철사로 둘둘 말까 생각하다
그러지 않기로 했다.

그러다 번—쩍 번개가 스쳤다.

주저앉아 있던 뼈들을 맞춘 다음
책을 쌓아 받치니 탁자는 약간 구부정했다.

시집 한 권을 끼워 넣는다.
탁자가 젊은 장교처럼 억센 허리로 나를 끌어안았다.

탁자 위로 다리를 뻗는다.
책들을 바라보니 저마다의 가슴에 오목한 샘이 생겼다.

중력의 커피가 진하다.
샘은 조금씩 더 깊어 가겠지.

나의 시詩가 저 맑은 샘물 위에서 수평의 오차를 맞추는
작은 물기둥이 될 수 있다면 나는 더 아파도 좋겠다.

필라멘트 전구가 운명을 휘게 하네

　빛에 닿은 것마다 푸른빛이 감도는 우윳빛으로 변해갔다. 다른 필라멘트 전구도 LED로 갈아 끼우면 누렇게 찌든 자국들을 사라지게 할까? 필라멘트 전구를 빼니 LED가 껌 뻑, 껌뻑. 서둘러 새 LED를 쌍안경처럼 끼워 넣는다. 그런데……,

　암전暗轉.

　쉽게 끊어지고 깨지기만 했던 필라멘트 전구가 어쩌면 씨앗불이었는지 몰라. 부처님 마음에도 달무리 같은 필라멘트 전구가 있어 제자들을 웃게 하고 때론 울게도 했을 거야.

　내 마음을 비추는 필라멘트 전구가 운명을 휘게 하네. 빗물이 굽은 것들을 따라 흐르듯 필라멘트 전구가 나를 이끌고 허름한 벽의 가로등으로 서게 했지만, 이젠 유리 덮개를 닦으며 슬퍼하지 않으리 ; *내가 고개 숙이고 있는 것은 벌 받는 것이 아니다. 희미한 빛이기에 사람들은 나를 지나쳐 가지만, 그렇기에 나는 더 낮은 곳으로 내려가 신이 지상에*

새겨 놓은 마음의 지도에 다가가고 있는 것이다.

아침 태양이 떠오를 때까지 새벽 배달부를 위해 비추는
반 평 불빛들이 반딧불이 마을을 이루네.

할아버지와 된장국

아파트 복도 창틈 사이로 서늘한 푸른빛이 어둠을 베고 누워 있어. 방 안은 물속 세상. 흰수염고래 몇 마리가 소곤거리던 플랑크톤조차 모두 삼켜버리네. 아, 할아버지는 심해어深海漁처럼 홀로 버텨 온 거였구나.

장맛비 오는데 문지기 자전거 보이지 않네. 타이어 바닥은 위장 크림처럼 미끌미끌, 고무바는 비늘 빠진 뱀이었지. 자전거는 할아버지의 날개. 논밭은 고향. 항암 일기는 매일매일이 전원 일기지.

산마루에서 바라본 내 고향. 거대한 하우스 강물이 흐르네. 하우스 빛은 인공 조미료. 공기는 인공 식품. 시골 아이들은 혼자 있길 바라지. 가족이 있으면 오히려 외롭다 말하네. 하우스 굴뚝에서 피어오르는 저녁연기. 수경水耕으로 재배되는 시골 말기末期.

할아버지가 끓인 된장국 내—음새. 음악처럼 흐르다 파도치며 부딪쳐 오네. 나는 왜 발을 떼지 못하나. 왜 목이 메

나. 흙이 있어도 나무가 있어도 시골로 돌아오지 않는 제비. 새것이 좋다 해도 새집을 찾아 달동네를 지고 오르는 아비. 어디서 호박 냄새, 아욱 냄새, 여름밤 멍석에서 첨벙첨벙 숟가락 뛰어들던 가족 냄새를 맡나? 혼자 먹는 밥상을 견디게 하는 할아버지 자연 레시피. 지구를 살리는 박물관 향기 종자.

겨울 습지에서 울었다

두 마리의 목 길고 다리 긴 새가 있다.
다리 하나가 수직으로 맞닿아 있다.

바람이 잔물결을 일으키면
한 마리가 사라졌다가
다시 나타난다.

물결이 흐르고
깃털은 날리고

강물이 되어간다는 것은
한 가닥 의식의 줄을 팽팽히 당겨
밀려오는 바람을 천 년 세월로 썰어내는 일인지 모른다.

생존이란,
나조차 사라져야 완성되는 기다림 속에
물고기 한 마리 얻는 일

강물이 그림자를 지우고

비—인 하늘에선 허기진 울음소리만이 처량하다.

경제자유구역

여름휴가를 가기 위해 커튼을 여니
주상절리 절벽 위로 눈 쌓인 산마루

낮에도 구름 땅
아이들이 구름을 베어 먹는 땅
흰옷 입은 여자들이 논두렁 바위를 모시고
엎드려 일어나 소나무처럼 제를 올린다.

풀의 머리를 반대로 튼다.

신작로가 나오고
발자국들이 뭉갠 겨울 눈물이 질척해 끈적거린다.
줄지어 선 나무 전봇대 위로
리프트에 탄 사람들이 까마귀처럼 지나간다.

여기는 경제자유구역

카페에 들어가니

노래가 연기 먹은 듯 흐릿하다.

나는 녹아내린다.

어디에도 없다.

사람들이 어지럽게 무리 지어 춤춘다.

순간의 말이 되어 달리고 싶다

낙타 등에 타고서야
언덕을 힘겹게 넘어가는 오월

하지만 아무런 근심도 없는 듯
자연은 흘러간다.

노랫가락이 곁을 스치며 지나가듯이
나는 어떤 두려움과 불안함, 불만을 느낀다.

어제와 오늘 그리고 내일이란?

어제와 내일이 나를 끌고 가는 말이라면
시간은 죄악

순간의 말이 되어 달리고 싶다.

순간은 순간이라고 말하는 순간
과거가 되므로

그저 마음 위로 지나가는 모든 것들을

잠들지 않고 바라볼 뿐

내가 바람인 까닭이

바람이 되어야 한다는 의식조차 사라진 것처럼

6월이 가면

어린 햇살이 출렁이며 흘러가는 거리와
혓바닥 내밀며 솜털 웃음 짓는 잎사귀를 보면

어디론가 떠나고 싶어진다.

마주 달려오는 가난에 부딪혀도
왠지 슬프지 않구나.

덜 익은 햇살
덜 익은 잎사귀

덜 익은 즙이 술이 되기 전까지
뽀글뽀글 공기방울 몸으로 톡, 톡 솟구치듯이

6월이 가면
나는 또 무언가로 채워져 짙어가겠지.
핸들을 돌리며 삐거덕거리는 소리에 끼이는 그림자

가난이 울고 있다

아버지, 어머니 사이에서 뛰놀던 가난이 내게로 와 오늘 울고 있다. 나는 가난을 다독이며 달래준다. 이 차가운 계절, 깃발 소리치는 바닥으로 쫓아낼 수 없으니 품에 꼭 껴안고 그래도 희망으로 생각하며 밥을 챙겨 먹인다. 가난이 잘 커서 자식 낳고 살다가 늙고 외로운 이 몸 생각나면 자식들 네리고 찾아와 아장—아장 그 귀여운 몸짓과 목소리라도 느끼게 해줄 테니까.

제2부

가을 늦더위

흘러가는 시간

왜 미련이 남지 않지?
왜 아깝지 않지?

빨리 소멸했으면
기쁘지 않은
어제와
오늘

체념이 심장 위로 솟아오른다.
오히려 나를 자유롭게 하는가?

잎을 내려놓는다는 것은
…,
…,
체념이 아니라 의지여야 한다.

가을 장미*

불그름하게 물든 단풍잎과 멸치 떼처럼 찻길로 떨어지는 낙엽들을 울타리 너머로 목 내밀고 바라보고 있다. 꽃잎도 이젠 성기게 벌어지고 그 속에 서리가 내려 프레온 빛 살갗만이 차갑게 반—짝거린다.

"체념이 아니라 불타는 운명인 서시."

더 드시라 해도 김밥 한 줄 호주머니에 넣고 가는 노老시인. 예전엔 가을 양복에 스카프를 두르곤 했는데 무채색 개량한복에 싸여 전봇대 골목으로 걸어가신다. 점방에 들러 그 좋아하던 맥주라도 몇 병 사갈까? 밤이 되어도 꽃잎을 열고 서리보다 더 센 놈과 싸우고 있다고 하시던, 새봄이 되어 머리가 뚝, 뚝 떨어지는 날까지

* 『현대시학』 2014년 11월호. 김이듬 시인이 쓴 「당신을 처음 본 순간—이승훈 시인」을 읽고 그 내용을 참조함.

기도를 올렸다

우리는 말이 없었다.
산보다 더 높은 고뇌가 쌓여 갔다.

바위에 앉아 내 안쪽을 보았다.

푸른 벼들이 잠기는 천둥소리
다리 밑으로 떠내려가는 지붕의 노래가 들렸다.

산 아래를 바라보았다.
굽이진 길 사이로 하얀 털모자가 보였다.

물결이 잔잔해지고 햇살이 뛰놀았다.

힘겨우면 배낭을 내려놓고
걸어온 길을 바라보며 굽이굽이 사연을 읽어도 좋으리라.

두 손에 당신을 올려놓고 처음처럼 감사기도를 올렸다.

겨울나무·1

스치기만 해도 통증이 오는 회색 피질. 신경물질이 뻗쳐 오른다.

오가는 발길에 흙이 파이고 뿌리가 햇빛에 드러나고 말았다. 몸에서 떨어진 낙엽으로도 덮을 수 없는 상처. 사람과 마주할 수 없기에 어둠 속에서 약물을 먹고 낮과 밤, 잠을 잔다.

사람이 간혹 풍경으로 보일 때가 있다. 메마르고 꺾인 뿌리를 가슴으로 감싸 안으면 사람들은 나무가 되고 그 사이로 볏짚 연기가 피어오르는 마을이 보이듯이

상처를 받아들인다는 것은 가슴으로 숨을 더 깊이 들이마시는 일이다. 중심이 내려갈수록 뜨거워지는 뿌리의 호흡. 바람칼에 베이며 겨울 평야를 바라보는 저 사내도 나처럼 서 있을 것이다.

겨울나무 · 2

뒤에,
무언가가 있다.

수은 먹은 하늘에 저리 당당히 맞설 순 없지.
전봇대가 굵은 가지 노릇을 한 거야.

그런데
아닌 것, 같다.

나무 뒤에 나무가 보인다.

창가에서 보면 한 나무
큰길에서 보면 두 나무

당신과 나는 둘로 서 있지만
함께 있기에 누군가에게는 거대한 하나로 보였으리라.

영하의 공기가 서리를 토해내는 사이렌 소리

두 나무는 우거진 뼈대로

지상으로 내려앉는 하늘의 엉덩이를 쿡, 쿡 찌르고 있다.

길

시간이 나를 떠났다.

나는 나대로
시간은 시간대로

갈 길로 간다.

행복하다.
그래서

꼭지 이야기

사내는 술잔만 기울였다. 가끔 아랫입술을 깨물고는 누런 치아 사이로 바람 빠지는 소리를 냈다. 나는 사내의 얼굴을 보며 잠기지는 않고 헛바퀴만 돌던 수도꼭지를 떠올렸다. 차오른 물이 베란다 유리창을 뚫고 13층 아래로 쏟아질 거라는 상상을 하다가 세면대 아래에 꼭지가 있음을 알고 얼마나 기뻐했던가. 몇 달 선 해고 통지를 받았다는 비정규직 인생이 내 가슴의 방파제로 들어와 작은 모래톱을 쌓는다. 나는 누구나 다 자기 몫의 보조꼭지를 가지고 있다고 사내를 위로했지만 어쩌면 그것은 살고 싶은 자기최면이었는지 모른다. 이 시대의 희망이란 만지면 만질수록 오히려 따가워지는 가시 같은 것이 아니었던가. 나는 사내에게 터진 수도꼭지가 삭아버린 고무패킹 때문이라는 걸 말하지 않았다. 새 고무패킹으로 바꾼다는 건 습관을 인정해야 하고 그 유적 위로 르네상스 같은 마음의 항로를 새로이 발견하는 것이기에……

나를 바라보는 침묵이 있다

눈을 감아도 좋다.

그대로 있어 보라.
숨소리만 들리게

벽에 기대도 좋다.

힘을 빼고 하나, 둘 버리면서
가장 가난한 자가 돼 보는 것이다.

아무것도 없지만
아무것도 부럽지 않다.

하늘 별 지평선이 선명하게 보인다.
그곳에 나를 바라보는 침묵이 있다.

꽃 잃은 나무

봄비 내린다.

당신은 다시
돌아오지 않겠지.

사방 흔들흔들 어두워 가는데

키 작은 들녘은
과거로 가고

비를 맞으며 빛을 내는
꽃 잃은,
나무

뼈대만 남은 몸뚱이에
고운 꽃잎이 빗장을 몰래 열어 놓고

벼랑 아래로 몸을 던진다.

늙음에 관하여
— 성석제의 「내가 그린 히말라야시다 그림」의 형식을 빌려

0

그가 뒤돌아본다. 눈이 잿빛으로 덮여 있다. 초록의 그늘 속에서 스펀지 패드에 앉아 지나가는 것들을 바라보는데, 선조들이 마지막으로 손에 쥐고자 했던 삶의 비문秘文을 해독하는 중일까?

1

젊은이가 지나간다. 그는 오후 1시가 되면 산책을 나오는데 길을 걷다가 멈추어 서서 무언가를 적고는 한다. 지독하게 물음을 던지고 답을 찾는 이에게 지평선은 한계가 아니라 세상의 또 다른 끝일 뿐이지. 우리는 잠시 지구에 여행을 온 순례자. 그러기에 늙음이란 애초부터 없는 거지. 그런데 내가 멈추어 있다고 느끼는 지금 이 순간만은 글쎄, 시간이 훅— 지나가 버린 것 같거든.

0

천국에 살며 지상을 비웃는 사람들이 있다. 가난한 자의 티켓을 부도수표처럼 허공에 날려버리는 죽음의 광시곡狂

詩曲. 그들이 던져주는 지폐를 쥐고 우상의 향수에 취하는 노인들. 계절이 바뀌어도 어느 시대의 유물인지도 모를 녹슨 철갑을 입고 갓 피어난 꽃을 칼로 베고 있다는 것을 그들은 알고 있을까?

0

눈을 감고 길을 걸으면 세상은 어둠과 낭떠러지. 이 길을 걷는 인간은 얼마나 불완전한 존재인가? 그래서 묻고 또 묻는 것이다. 나는 눈을 뜨고 바라보는 이 세상에 너무 길들여지지 않았는가? 눈에 보이는 것만을 믿고 걸으면 안전할 수 있어도 색채에 가려진 진실의 소리는 듣지 못하지.

1

거리를 걷거나 산책할 때면 언제나 참새처럼 햇볕을 쪼이는 노인들이 보이지. 이젠 하늘과 나무와 강물과 더불어 노인도 풍경이 되어 버렸어. 살아오면서 가꾸어 온 삶의 텃밭이나 화원이 있다면 지금쯤 꼬마 농사꾼이 되어 거름을

주고 씨앗을 뿌리며 아이들과 함께 놀고 있을 텐데. 시간을
터진 주머니에 넣고 배회하는 노인들

0

그가 하얀 조팝꽃과 연분홍 벚꽃이 피어 있는 건너편 산
을 향해 휘이, 휘―어이 손을 저으며 소리를 지르고 있다.
그는 모종에 심어 놓은 씨앗이 걱정되어 새를 쫓으려는 것
일까? 아니면 지나온 시간이 아쉬워 다시 부르고 있는 것
일까? 바람이 먼저 앞서가는 길을 따라 그도 사라지고 그
가 남기고 간 거리의 좌석에 나비가 앉아 비문秘文을 읽고
있다.

달이 표정 없이 지나간다

슈—ㅇ—숑 유리 찬바람에
나는 돼지우리 찢어진 비닐처럼
이상한 소리를 낸다.

어머니 계신 곳에 가지 못하고

텅 빈 도시
한 마리 새도 보이지 않는

아무것도 할 것이 없어서
아무렇게나 일기장을 펴 본다.

언제부터 일기 쓰는 것을 가장 밑바닥에 두었나.
얼음장 밑 개구리 소리가 오히려 귀찮았는가?

백지에 또 다른 백지를
얹어 놓은 달이 표정 없이 지나간다.

도서관 가는 길

낙엽 하나가 날아와 유리창에 붙어 있다.

조금씩 움직이는가 싶더니
앞 시야를 가린다.

창밖 풍경과 나 사이에는
여백이 있었는데
지금은,
돌진하는 느낌이다.

내가 당신을 생각하는 것도 그렇다.

당신은 가만히 있는데
내가 먼저 다가가 당신의 그림자에
색을 칠한다.

나는 느리게 생각한다.

산이 산으로 보이고

물이 물로 보일 때까지*

도서관에 와서 차를 세우니

낙엽이 힘없이 미끄러져 내린다.

유리창에 있던 나도 유리창에 보이지 않는다.

* 8세기 중엽 당唐나라 청원靑原 선사의 "산은 산이요, 물은 물이로다"의 말
을 참조함.

마음의 외뿔

눈보라가 퓨마 소리를 내며 달려든다.
라디오에선 스페인, 독일 가수가
히터를 돌리고

급회전 길,
허리 굽은 검은 물체가 갑자기 나타난다.
아, 덮칠 수도 있었다.

검은 자동차가 내 뒤를 바짝 붙는다.
액셀을 밟는다.
더,
세게

오늘은 2월의 마지막 날

긴장하지 않으려고 목을 돌린다.
노랫소리가 다시 목 언덕을 타고 흐르고

3월이 오면
꽃바람 타고 무언가가 내 뒤를
쫓아올 거야.

그땐 마음의 외뿔만 바라보고 뒤돌아보지 말아야지.
구겨진 마음이 물빛처럼 펴져 새잎이 돋아나도록

제3부

몸을 던지면 N극과 S극이 달라진다

하루하루 행복하게 살아라.
하루라는 이름을 아내가 지어 주었다.

하루를 데려온 날
우리 집 고양이 나무가 아앙, 아아아앙 칼 소리 휘두르며
집안 공기를 여러 조각으로 베어 버렸다.

베란다에 놓인 2층 종이상자 집
하루의 하얀 털이 매달려 황소바람에 챙챙 소리가 난다.

하루를 거실로 데려와 방석에 누인다.
으르릉, 으르렁 찬 소리가 주전자 물처럼 끓어오른다.

겨울밤 눈자위에 잠 눈이 쌓이면
나는 베란다를 향해 새를 날리듯
하루를 점프시킨다.

하루가 멈추어 서서

형광 빛 새어나오는 거실을 바라본다.
고개를 시계추처럼 움직거리며 한참을, 한참을……

종이상자 집에서
어미의 탯줄을 잡고 눈 감고 있을
하루를 생각한다.

몸을 던지면 빅뱅, 그러면 N극과 S극이 달라진다는 말이
못다 쓴 내 일기장에서 튀어나온다.

미술시간 · 1

　구릿빛 판을 누른다. 한 번 누르면 꽃구름이 바람을 일으
키며 솟아오르고 다시 누르면 기도하는 여인이 나타난다.
오목하게 패인 판에 담기는 빛과 어둠. 어둠 속에 애기가
있다. 에미여, 에미여 끊어질 듯 이어지는 맥놀이. 저 거대
한 울림 앞에서 나는 너무 초라하다.

　애기가 내 손을 잡고 끓어오르는 쇳물 속으로 들어간다.
탑돌이의 발짓처럼 무상無相으로 돌고 도는 시간. 애기가
운다. 내 손을 부여잡고 어머니를 부르며 운다.

　*버림받은 나는 죽어서도 공포의 장애로 괴로웠지요. 그
장애가 나를 운명으로 이끌지만 그것이 나를 완성해 가는
깊이라는 것을 종이 되어서야 알았어요. 이제 나를 떠나 산
자와 죽은 자의 유골을 바람처럼 어루만지며 울고 있어요.*

　내 안에 패인 웅덩이를 들여다본다. 그곳에는 가난의 자
전으로 바람이 되어 떠도는 어머니와 빈집을 베고 낮술에
취해 쓰러져 누운 아버지가 있다. 하숙집 아주머니에게 고

맙다며 전해주라던 어머니의 지폐. 아주머니는 손사래를 치고 아, 나는 학교 화장실의 끝 모를 어둠 속에 부끄러움의 지폐를 찢어 넣으며 초록의 낙엽을 생각했다.

　누군가 삶은 슬픔의 힘으로 판을 누르고 눌러 형상을 만들어가는 작품이라 했던가? 진청색으로 물들인 석고 속으로 들어가 애기가 들려주는 전설의 꽃을 꺾는다.

미술시간 · 2
— 이방인

나는 그림쟁이. 그림이 무엇인지 몰라도 행복해. 엄마는
실망해. 그림에 재능이 없다고 다그쳐. 공무원이 되라고 등
을 후려쳐. 엄마를 위해 그림을 그렸어. 거미줄로 글을 짜듯
　　—엄마, 미안해.
허공의 가지에 걸어 놓았어.

하늘과 땅과 지옥이 있다면 엄마는 어디에? 나를 저 하늘
로 올리고 싶겠지. 그곳은 어른들이 만든 절벽사회. 배부른
유리인형들이 사는 곳. 나는 산과 언덕이 있다고 믿었어.
무지개를 찾아 떠나는 소년처럼. 그러나 아스팔트 평원의
먼지구름 속에서 꿈을 물질로 바꾸지 않으면 집으로 돌아
올 수 없어.

버스에서 내려 다시 정거장을 거슬러 올랐지. 담배 연기
가 빗방울에 눌려 떨어져. 참외 박스에 뚝—뚝. 노인은 패
인 볼의 깊이만큼 참외를 주었어. 집으로 돌아가는 길가 의
자에 참외를 하나씩 꺼내 놓아. 배고픈 누군가 이걸 가져가
겠지? 나는 우기雨期를 걷는 이방인. 이것이 내가 그리는 마

지막 그림.

　엄마는 물 먹은 참외 사 왔다고 등을 후려쳐. 물 먹은 참
외 맛은 없지. 그러나 그 속에는 둥그런 파문을 일으키며
튀어 오르는 소리들. 조각난 생을 곡선으로 이끌며 하늘로
솟아올라. 빌딩 개찰기 잎에서 신분 카드를 들고 서 있는
사람들. 들을 수만 있다면, 물이 되어 흐를 수만 있다면. 그
곳은 절벽에서 떨어진 이방인의 세계. 빗방울이 아침을 열
고 튀어 오르는

반쪽 자기의 행방불명

아이들이 가네. 농구공을 바닥에 퉁기며 몰려가네. 아이들이 입은 색색 반바지 태양빛을 휘어 꺾어 사내의 양복에 '어린이날' 네 글자를 새기네.

사내 앞에 삼거리. 갈림길은 두 거리. 그가 가는 방향은 그게 어디든 푯말이 이끄는 곳. 길 밖 숲으로 나 있는 덤불은 몸속 GPS 태우는 횃불. 산봉우리를 오르기 위해 뿌리 밑으로 푯말 방향을 바꾸어야 하는데,

새들도 둥지에서는 옷을 갈아입지. 나는 얼마나 오랫동안 반바지를 입고 살아왔나? 외출 없이 산다는 것은 자전 없이 하루가 가는 일. 아파트 창가에서 사내를 바라보는 시간도 얼음 위를 허우적거리듯 하얀 밤 속으로 미끄러지는구나.

외출에서 돌아온 사내에게 잠든 아이는 멍든 아이. 멍 자국 위에 아빠가 새참처럼 남겨 온 시간을 파스처럼 붙여 주어야 해. 하지만 동전과 배지를 섞어 만든 절단기로 시간을

자르는 시대. 땀방울이 영근 붉은 리트머스와 시간은 비례
하지 않지. 잘린 시간은 누군가의 디지털 코드에 쌓이고 반
쪽 자기는 기억을 잃고 밤이슬 내리는 바닥에 누울 거야.

봄이 오지 않았다

용왕의 분노가 넘어와
시베리아
시베리아
삼월 배꼽이 의심스럽다.

가래침 뱉는 보일러 소리에
머리가 끼이고
백수가 책을 읽는다.

흐릿한 불빛과 재로
변해가는 몸 안 자기를 느끼며

토끼 간을 얻지 못한 나는
시베리아
시베리아
용왕이 건네준 매화꽃이 의심스럽다.

비켜서 있다

비켜서 있다.
그,
사람에게서

그 사람 말이
귓속 물억새 사이를 스치며 지나간다.

나는 그 물결 위에서
모닥불 언어를
춤춘다.

나는 어느새 산마루를 건너뛰어
그 사람을 기다리며 막걸리 잔을 비우고 있다.

사랑에 관하여

1

내가 걷는 길의 방향을 당신 길로 잡아끌지 말아요. 당신 색깔은 내 길에 피어난 꽃향기를 지워 버려요. 길과 길 사이에 지하로 통하는 강이 이어져 있어요. 그 강을 건너면 사막에 있을지라도 갈대꽃이 손을 흔들 거예요.

2

언제나 그 자리에 있지만 기다리는 마음 없이 당신을 기다리고 있어요. 기다림에 마음을 넣지 않는 까닭은 그것이 나를 이끌고 언덕을 넘고 산을 올라 폭발하는 화염을 보여 주기 때문입니다.

3

나는 당신을 버리는 자. 당신이라는 기호는 때론 낚싯바늘이 되어 자유로이 헤엄치는 의식을 꿰고는 놓아주지 않아요. 당신을 버리면 나는 투명한 샘물이 돼요. 물빛으로 바라보는 당신은 기호가 아니라 흘러가는 존재입니다.

4

이별의 능력*을 키우는 중이에요. 사랑도 시간이 다하면 다시 돌려주어야 하는 법. 이젠 사랑과 이별을 잡고 외줄 위에서 두려워 떨지 않을 거예요. 수평 없는 탄력은 추락이듯이 이별 추를 더해 사랑을 들어 올려 어릿광대처럼 하늘로 튀어오를 거예요.

* 김행숙의 시 「이별의 능력」을 인용함.

산책 · 1

부딪는 것은 바람만이 아니다.

의식의 틈 사이로 불어오는
숨의 노래

기괴하다.

호흡의 자전이
물먹은 공기를 가른다.

햇살 닿는 곳마다 길이 찍힌다.

산책 · 2

먹을 것 없으면 굶으면 되고
내일도 없으면 물 한 모금 마시면 되고
그러다 어느 날 나무 아래 날개를 접고 잠들면 되고

나는 무엇이 무섭고 괴로운가?

벌레 한 마리 먹으면 행복하고
내일도 낟알 하나 쪼아 먹으면 행복하고
그러다 어느 날 나무 위 날개를 접고 알을 품으면 행복하고

나는 또 무엇이 무섭고 괴로운가?

산책 · 3

눈 날리는 숲길을 걷는다.

솔잎이 하얀 눈에 빛을 내어 주고
신선의 나라를 얻었다.

벌레 먹는 나뭇잎처럼 꿈틀거리며
파고들었던 나에 대한 서운함

"너 그렇게밖에 못 사냐?"

먹장구름이 그물을 내리거나
바람이 나무의 머리채를 끌고 가는 길을
그 뒤로 걷기 시작했다.

오늘은 길의 평면을 찢고
풍향조차 지운 눈바람을 맞는다.

지난봄 떨어졌던 꽃받침들의 무덤

그 자리에 앉아 하늘에 떠 있을 다섯 꽃잎을 올려다본다.

산책 · 4
— 작은 자의 집

계란을 반쯤 갈라 세워 놓은 모양에 천 개의 끈기*로 풀
잎을 엮어 만든 집. 진달래 가지에 붙어 내 무릎보다 아래
에 있었다.

참새들처럼 기와 처마에 살지 않고 그늘의 잎맥에 앉아
순례자처럼 쉬었다 가는 새. 하늘이 보이지 않으면 누구든
하늘을 꿈꾸는 철학자가 될 수 있다는 말이 알밤처럼 툭,
굴러떨어진다. 어쩌면 저 새가 그 작은 집의 주인이 아니었
을까?

*겨울이 옵니다. 가지를 하늘 삼아 집을 지었습니다. 맹수
들에게 문고리가 잡히는 집입니다. 바람이 이불인 집입니
다. 하지만 그대들은 알지 못합니다. 땅과 가지에 눈이 하
얗게 차오르면 나의 집은 그 누구에게도 보이지 않는 요새
가 된다는 것을*

누군가의 발길에 차였는지 지금은 사라지고 없는 집.
겨울이 오면 또다시 가우디의 풍경 같은 무허가 집을 지을

것이다. 차가운 깃털에 죽음을 내려놓고 자연의 엔진 속에
서 생존의 나사를 하나하나 풀어 새롭게 조립하며……

　* 채인선의 『노래기야 춤춰라!』에서 인용함.

산책 · 5

까치가 길바닥에 누워 있다. 오가는 사람은 없지만 누군가 걸었을 이 길이 편안하지 않았다. 길바닥에 쓰러진 것들은 저승 가다가도 시끄러워 다시 깨어난다는데…… 나의 손은 깨끗했다. 초승달처럼 굽어 있는 두 개의 나뭇가지는 까치의 중력에 휘었다. 무덤 있는 잡풀 속에 까치를 뉘어 놓았다. 그러나 나의 손은 깨끗했다. 짐승들이 찾아와 너를 먹을지 몰라. 그것이 너의 운명, 성스러운 풍장 같은. 산을 오르며 까치 혼령이 있다면 내 가난한 운명에 새벽종을 울려다오. 지나가는 바람에서 설렘을 만지는 것처럼 자랑스럽다는 듯이 피어오르는 연기를 오늘만이라도 보고 싶어 하는 이 길이 왠지 편안하지 않았다.

사량도 · 1

옥녀봉 바위 능선에서 매년 사람이 추락했다는데, 밧줄 없는 바위를 네 다리로 기어오른다. 나는 바위에 걸려 허우적거리는 짐승. 두려워하면 등뼈가 굽으며 시간이 퇴화된다 했던가. 바위와 바위 사이를 두 다리로 건너뛴다. 바위의 벼린 날이 나에게로 온다. 바람이 몰아치고 발바닥의 한 축이 궁금하다. 그래도 숙였던 머리를 수병으로 하고 두 팔을 저으며 바위를 오르니, 고단한 발의 기울기 위로 하늘이 보이고 발아래 천공天空에선 까마귀가 먹이를 찾아 까악— 까악 맴돌고 있다.

사량도 · 2

1

다시 폭발하고 말았다. 이번엔 옆구리가 훅— 찢기더니 돌들이 쏟아져 나왔다. 흩어진 돌을 본다. 돌에는 아직도 식지 않은 유황이 증기를 내뿜고 있다.

2

말해야 할 때 말하지 못하면 분노의 지층이 쌓여 마음이 돌이 된다. 나의 몸엔 수많은 갈맷빛 금이 그어져 있어 어떤 이는 연륜의 눈금을 읽고 가지만 그 속으로 들어가면 고드름 같은 암석이 우주의 별만큼 솟아 있다.

3

참는다 했다. 당신을 이해한다 했다. 그러나 앵무새의 말처럼 향기가 없구나! 이제 반작용의 언어를 토해내기로 했다. 당신과 나를 위하여— 눈빛을 맞춘 언어는 바람처럼 굴러가고 또 모여 새, 거북이, 고래가 되거나 당신의 손에 들려 탑이 되기도 할 것이다.

4

언어의 모서리가 아직도 나 아닌 당신에게 향해 있고 쏟아진 돌이 유죄의 증거로 남아 있다. 그래서 내 안이 두렵다. 그러나 폭포처럼 쏟아졌기에 오히려 고단한 발목을 눈처럼 덮어 주는 사랑도의 돌길을 본다. 이 세상 모든 길은 몸이 아닌 몸속의 깨어진 것들이 쌓여 만들어진 것. 깨어진 돌만큼 내 안에 허공이 생기고 보이지 않던 당신이 맨발로 돌길을 걸어가고 있다.

제4부

새들의 숲

차갑게 갈앉는 안개처럼
나를 침묵하는 바위에 묶는다.

일렁이지 않는 콘크리트 도시
바람조차 느껴지지 않는
빌딩과 빌딩 사이

나는 서 있다.

얼음 살 같은 핏줄이
잠시 흔들린다.

삶도
죽음도
구겨 던져 버리고

설레는 대로 그리는 좌표를 따라
이젠 말할 수 있는 새들의 숲으로 향한다.

안개비는 내리고

그 집에는 두 마리의 백구가 있었다. 한 마리는 다리가 짧아 주눅이 들어 보였고 다른 한 마리는 다비드상 같은 몸에 눈빛은 네모진 흑진주 같았다. 내가 배달을 가면 그 개는 먼저 다리 짧은 개에게 달려가 으르렁거리며 짓지 못하도록 위협을 주고는 자기 집 지붕 위로 뛰어올라 하늘을 보며 짓는다. 이순신 장군 같다. 뱃머리에서 적을 향해 억센 함성을 지르는. 나는 자리의 말뚝에 묶인 채 개의 눈을 바라본다. 그 개도 짓는 것을 멈추고 나를 보는데 ; *괜찮아. 괜찮아. 응? 너는 누구에게도 꺾이지 않아. 더 당당해도 돼.* 나는 이상한 소리를 듣는 것이었다.

오늘은 그 개가 없다. 목에 달려 있던 쇠사슬도 보이지 않는다. 안개비는 내리고 개집 바닥에 깔려 있던 검은 연탄 가루가 달라붙어 아, 내가 누구인지 잘 모르겠구나!

소녀의 음악을 들었다

오늘도 그녀의 집 앞을 서성이다 복도 창문을 열고 눈 덮인 산을 바라본다.

저렇게 쉬지 않고 음악을 연주하는 이 누구인가?

이웃집 여자를 본 적이 있다. 그녀는 검정 목도리를 두르고 낡은 음표를 바닥에 떨어뜨리며 걸어오고 있었다. 올올이 얽은 꿈의 자수가 풀어지는 시간. 단정하게 묶은 생머리, 굳게 다문 입술에서 소녀의 음악을 들었다.

그녀에게 딸이 있을까? 그래서 이루지 못한 꿈을 딸에게서 위안 받고 있는 것일까? 아니지, 아니야. 그녀 안에 소녀가 살고 있을 거야. 그녀는 시들어가도 버지니아 울프가 걷던 오솔길을 걸으며 불안하게 흘러가는 구름이 포플러 잎사귀를 휘몰아치듯 첫 순정을 연주하고 있는 걸 거야.

소음에 막혀 있던 귀를 씻으며 엘리베이터에 오니, 벽에

세워 둔 자전거 바퀴가 먼지를 쓴 채 바람이 빠져 주저앉아
있다.

언덕을 오른다

마음에 금이 갔다.
용서할 수 없는 나를 할퀸다.

잊어야 하리.

나무들 위로 하늘이 보인다.
신은 없음으로 존재하리라.

눈을 떼면 다시,
나무와
가로등
도깨비가 보이고

언덕을 오른다.

발의 기울기 따라
마음의 기울기는 낮아지고
고개 들지 않아도 보이는 푸른빛

내가 사라지니

그도 사라지고

낮달이 정오의 사이렌을 울린다.

외로움에 관하여

1

자습실에 홀로 남아 공부하고 있는 아이의 어깨에 공기의 저음이 쌓인다. 등골을 타고 내려오는 빛줄기 ; 물컹한 젤리 같은 과거도 딱딱한 쌀 같은 미래도 없이 익은누에처럼 투명한 순간만 흐르네.

2

스프를 넣지 않은 라면을 먹으며 인간의 환생을 기다리고 있는 호랑이는 고독할까? 아니면 붉은 고독의 외피를 벗겨 내고 또 다른 나를 알처럼 품고 있는 물맛 같은 외로움과 만날까?

3

몸에 바늘을 꽂은 채 튜브 끝에 달려 있는 혀로 허공의 가지에 매달린 것들을 핥고 있다 ; 술, 담배, 텔레비전, 컴퓨터, 스마트폰, 마리화나, 마리화나 스펀지처럼 작은 뼈의 구멍 속으로 들어가 불면의 밤을 새우네. 홀로 있는 시간을 견딜 수 없어 도피한다면 우리는 선으로 그려진 입체의 형

상일까? 아니면 시간이 사라져 선으로 이어지지 못한 점일
까?

4

아이가 흘러간다. 흐르는 강물엔 구름이 내려앉지 않으
니 ; 비교하는 마음을 네모난 틀에 넣어 그림을 그리네. 그
림 속에는 삐뚤어진 입이 낚싯바늘에 걸려 있네. 물고 있던
달착지근한 마음을 놓으니 입이 바늘에서 풀리네.

5

아이는 외롭다. 시간이 맛없어 쓸쓸하다. 빠르게 흘러가
다 갈대 우거진 곳에 닿아 휴식을 취하는 물고기처럼 읽고
있던 책에서 시선을 떼고 쓰던 연필을 내려놓을 때, 텅 비
어 투명해진 가슴에는 무엇이 차오르고 있을까?

입동立冬

가을이 사라지는 날
내 그림이 점점 흐릿해져 간다.

선명하지 않은 삶은 상실이라는데,
목표를 세워 시간을 당길 수도 없구나.

하지만 이런 생각도 해 본다.

소나무가 늘 푸른 것은
계절 없이 낙엽을 떨어뜨렸기 때문이지.

어떤 삶도 살아 있는 대가로
고뇌라는 짐을 짊어지고
가야 하는 것이라고

고뇌라는 숙제에서 벗어나는 길
내가 아직 푸르게 살아가는 이유라고

죽으면 내 몸에 곰팡이처럼 푸석한 이끼가 자라니까 말
이다.

장마 · 1

짐칸에 묶인 하얀 개
눈동자가 검은 동굴이다.

이리저리 움직이다
절벽에 앞발을 올려놓는다.
지나가는 속도에서 잃어버린 것을 찾는 것처럼

죽음을 알리는 이정표가
빗방울로 떨어지려는 찰나,
우회전을 한다.

아이들에게 시를 가르치러 가는 길

새로 난 도로 옆에 푸른 벼들이
부쩍 하늘로 올라가고

나는 무엇에 자꾸 흐려지는지
물안개 속을 헛바퀴 돌 듯 달린다.

장마 · 2

장마는 밀물과 썰물처럼 온다.
사이사이로,

흐르는 것들은
여기저기 떠돌던 것들을 밀어내며
물이랑의 흔석을 남긴다.

그것은 마음의 뇌파가 걸어간 길의 방향

그리움의 빛을 하늘에 뿌려 놓고
장마는 가로등을 켠다.

공기의 서늘한 비늘이 피부에 닿아
강아지도 여름 낙엽을 밟으며
둥그런 잠에 든다.

주문呪文을 외다
— 조르바*를 떠올리며

나는 존재일 뿐입니다.
당신에게 의미 있는 존재가 아닙니다.

누군가가 내게 황금빛 옷을 입혀 준다면
나는 종이배처럼 접어 강물에
띄워 보낼 것입니다.

나는
잡초요,
먼지요,
낙서입니다.

당신의 마음에 넣어 둘 게 없습니다.

색도 향기도 없이 사라지는
티베트 고원의 바람처럼 당신을 그저
스쳐 지나갈 뿐입니다.

.

이것이 내가 나에게 주는 자유를 향한 주문呪文입니다.

* 니코스 카잔차키스가 쓴 『그리스인 조르바』의 주인공.

해방 중이다

가만히 있지 못한다.

붙잡지 않으면 머뭇거리지 않고
그냥 떠나버린다.

머리를 흔들기만 하면 되니
얼마나 쉬운 적인가?

상념이여!

너의 명령을 따르지 않는다.
내가 주인이기 때문이다.

이제 자아들에게
상처를 지닌 과거들에게
명령할 수 있다.

사라져라.

관심 없으니 지나가라.

나는 빈 마음으로 해방 중이다.

불혹不惑을 건너는 시간 여행자의 노래

최준

불혹不惑을 건너는 시간 여행자의 노래

최준

(시인)

　　윤여건 시인의 시집은 단편들로 이루어져 있으나 그 품이
아주 크다. 미시적이지 않고 거시적이다. 비유하자면 양자역
학 쪽이 아니라 아인슈타인의 일반 상대성이론에 한결 가깝
다. 시인이 즐겨 다루는 시어詩語들의 질량이 그렇고, 시들이
품고 있는 메시지의 내용 또한 그러하다. 잘 부풀어 부드러운
빵보다 밀도 높은 중력으로 옹골차게 여문 밤톨이거나 강가
에 널려 있는 차돌들이다. 각기 다른 색채를 띠고 있는 한 편
한 편의 작품들을 뭉뚱그려 놓고 보면 서로가 모종의 얼개로
엮여 있는 연작시의 성격을 띠고 있다고 해야 할까.

인생을 말하는 거개의 시들이 그렇듯이 여기에는 한 자아가 되돌아보는 지난 삶에의 통찰과 살아가야 할 앞길에 대한 고뇌가 함께한다. 삶은 주인공이 소멸하지 않는 한 영속성을 가지므로 자아에게 다가든 상황은 외부적인 요인으로부터 비롯되는 게 일반적이지만 이는 결국 사유하고 고뇌하는 자아의 내면으로 스며들기 마련이다. 그러니까 윤여건 시인의 시집은 그 상황들에 대한 자아의 내면 풍경을 오롯이 그려낸 것으로 읽힌다. 모든 삶이 행복과 불행, 밝음과 어둠을 더불어 지녔듯이 이들 시편들에는 긍정과 부정이 두루 섞여 있다. 부정보다는 긍정이 훨씬 더 크게 다가오지만 지난 시간들을 사유하는 시인의 시선이 그렇다.

시인의 시집을 이루고 있는 시편들이 대부분 1인칭 화자라는 점 또한 눈여겨볼 필요가 있다. 의도적이라 할 수도 있겠으나 이는 시인의 경험적인 요소들이 시로 현상되었다는 것을 의미한다. 시의 화자와 시를 쓴 시인을 섣부르게 동일시하는 것은 위험하지만 모든 서정시는 묵시적 1인칭이라는 의견에 일정 부분 동의하는 필자는 상상력과 경험을 동시에 발견하게 되는 시인의 시들에서 치열하게 삶을 살아온 시인의 열정 어린 체취를 느낀다. 그것은 곧 시집의 편편 도처에 화인火印처럼 찍혀 있는 "마음"과 "길"에 관한 시인의 끈질긴 탐색이자 살아 있는 동안 잠시도 벗어날 수 없는 "시간"에 대한 깊은 사유에 다름 아니기 때문이다. 시간의 유동성과 연속성을 삶으로 치환한 시집 속 시인의 시편들이 어떠한 정적인 상태에 머물러 있지 않고 역동적으로 움직이고 있는 이유이기도 하다.

시간이 나를 떠났다.

나는 나대로
시간은 시간대로

갈 길로 간다.

행복하다.
그래서

―「길」 전문

시간, 곧 삶을 지시하는 모종의 선언과도 같은 위의 시는 역설로 읽힌다. 시간으로부터 떠났다고 고백하지만 화자는 살아 있음으로 시간으로부터 벗어날 수 없음에 대해 말하고 있다. 시간으로부터의 떠남이 불가능하다는 것을 누구보다도 화자 자신이 분명하게 알고 있다. 그러니까 이 시는 화자가 시간의 속박으로부터 벗어나고 싶다는 바람의 구현이라 해야 할 테다. 내가 시간을 떠난 것이 아니라 "시간이 나를 떠났다"는 전제는 시간이 나를 구속으로부터 풀어 놓아주었다는, 다시 말하면 자유 획득의 열쇠를 화자가 아닌 "시간"이 쥐고 있음을 암시한다. 시는 "시간"과 "나"의 길항관계를 얘기하고 있으나 거기에는 제각기 가야 할 "길"이 존재한다. 이 "길"이야말로 "나"와 "시간"이 공유할 수밖에 없는 길이다. 생의 시간과 내가 어찌 따로 갈 수 있겠는가. "시간"에 얽매인 삶으로부터 벗어나고 싶은 시인의 바람은 곧 시간을 살아갈 수밖에 없는 운명적인 "길" 위의 영속성을 숙명처럼 인정한다. "시간"으로부터의 자유를 바라는 시인의 마음은 생에 대한 조급과 갈급으로부터 벗어나고자 한다. "행복하다"고 말하는 시인의 마음속에는 절대적인 속박인 "시간"으로부터의 해방감, 또는 정신의 자유가 응축되어 있다. 육체를 뚫고 지나가는 "시간"이 아니라 "마음"으로 가는 "길"을 택하겠다는 시인의 의지는 이 시집의 화두에 해당한다.

낮처럼 깨어 있는 교차로의 신호등. 나는 허공에 떠 있는 붉은 헛바닥을 자르고 도로를 횡단한다. 우측 차로에서 빛에 달구어진 눈동자가 눈꺼풀을 파르르 떨며 달려오고 아, 나는 중앙선에 갇히고 말았네. 그런데 편안하다. 손바닥을 세워 흔들지 않고 시간의 감정을 잃어버린 얼음처럼 그렇게 죽음을 맞이하고 있다. 지나가는 차창에서 욕지거리가 떨어져 바닥에 굴러다닌다. 그제서야 심장이 고추냉이 먹은 듯 쓰려오고…… 금 간 백미러에서 나를 보네. 나는 웃으며 위로의 손을 내미네. 그런데 내 손을 잡는 건 옥황상제가 보낸 운명 ; *내가 너를 사랑해서 이번이 마지막 경고야. 응? 더 이상은 볼 일 없어.* 불법도 자신감의 문신으로 생각했던 내게, 그렇게 거만했던 내게 운명이 제 운명을 거스르며 핸들을 꺾고 있다.

─「운명이 내게 말했다」 전문

모든 생의 길은 결국은 죽음을 향해 가는 길이다. 태어남과 죽음 사이에 운명이 놓여 있다. 지상의 어느 생명도 죽음이라는 숙명을 넘어서지 못한다. 우리의 운명이란 기실은 아주 사소한 순간에 결성되고 만다. 죽음은 태어나는 순간부터 약속되어 있는 것이지만 자신의 죽음을 아무도 알지 못하고 살아간다. 그리하여 예기치 못하게 겪게 되는 죽음에의 순간들은 대개 아주 사소한 동기로부터 유발된다. 시의 화자가 겪은 죽음의 순간은 건널목이다. 특별하지 않은 삶을 살아가는 이들이라면 하루에 몇 번쯤은 건너게 되는 건널목이 곧 죽음을 경험하게 되는 순간이 될 수도 있음을 시가 암시하고 있다. 건널목에서의 무단횡단은 엄연한 불법이다. 붉은 신호등은 건널목 보행자에게 멈춰 있으라는 경고이지만 이를 무시하거나 거스르는 행위는 때로 일상적일 수도 있는 죽음의 순간에 직면하게 되는 것에 다름 아니다.

불가항력이란 기실은 자신이 스스로의 의지로 해결할 수 없는 어떠한 상황을 두고 하는 말이다. 화자의 길 건너기가 그렇다. 죽음의 위험에서 살아남은 화자가 들은 건 "옥황상제"의 "마지막 경고"이다. 한 번 더 기회를 줄 테니 앞으로는 그러지 말라는 준엄한 꾸짖음이다. 이 에피소드는 "불법도 자신감의 문신으로 생각했던" 화자의 삶에 대한 모종의 깨달음을 동반한다. 길 위에서의 삶이 준 깨달음이다. 다음의 인용은 그 깨달음의 결과이다.

순간의 말이 되어 달리고 싶다.

순간은 순간이라고 말하는 순간
과거가 되므로

그저 마음 위로 지나가는 모든 것들을
잠들지 않고 바라볼 뿐

내가 바람인 까닭이
바람이 되어야 한다는 의식조차 사라진 것처럼
—「순간의 말이 되어 달리고 싶다」 부분

알고 보면 생이란 순간의 연속이다. 뭉뚱그려 얘기하자면 삶도 순간이며 죽음도 순간이다. 아주 긴 것처럼 느껴지는 삶의 시간도 순간의 연속으로 이루어져 있다. "순간은 순간이라고 말하는 순간/ 과거가" 된다는 시간성에 대한 시인의 인식은 그런 면에서 시인이 갖고 있는 경험론적 시각을 엿보게 한다. 길 위에서의 시간은 시인에게 아주 많은 질문을 던진다. 삶이라는 고통과 괴로움의 실체인 몸과 삶으로부터의 벗어남이라는 희망-마음을 동시에 의식하게 하기 때문이다. 동적인 "바람"에 대한 시인의 이야기는 시집 전반에 걸쳐 시인의 시를 이해하는 데 있어 아주 유용한 기제이다. 자신의 사십 대를 돌아보는 시인의 시각은 아주 열심히, 불어가는 바람처럼 살았다는 하나의 전언으로 묶어볼 수 있다. 자신의 삶이 길 위에 있었으며 그 길에서 만난 사람과 사물에 대한 봉찰로 이 시집이 이루어져 있다고 생각하기 때문이다. 여기에는 세상과 사람에 대한 시인의 깨달음에 가까운 긍정이 일정 부분 포함되어 있고, 그렇기에 앞으로의 삶에 대한 모색 또한 이 지점에서 이루어짐을 보게 된다.

사람이 간혹 풍경으로 보일 때가 있다. 메마르고 꺾인 뿌리를 가슴으로 감싸 안으면 사람들은 나무가 되고 그 사이로 볏짚 연기가 피어오르는 마을이 보이듯이

상처를 받아들인다는 것은 가슴으로 숨을 더 깊이 들이마시는 일이다. 중심이 내려갈수록 뜨거워지는 뿌리의 호흡. 바람칼에 베이며 겨울 평야를 바라보는 저 사내도 나처럼 서 있

을 것이다.

—「겨울나무·1」부분

　겨울나무에서 인성을 발견해내는 일은 쉽지가 않다. 시인의 시는 흔히들 말하는 의인화 작업과는 차원이 다른 것이다. 위의 시는 그토록 소중하게 여기는 시인의 마음이 읽어낸 나무의 모습이다. 외양뿐만이 아니라 그 속성까지도 자신을 읽어내는 동기로 삼고 있다. 관찰자가 아닌 일체로서의 의식이다. "사람이 간혹 풍경으로 보일 때가 있다"는 것은 거리감일 수도 있을 텐데 시인은 나무를 그 가지 사이로 사람이 사는 마을이 보이는 풍경 속에다 편입시킨다. 자신도 혹독한 겨울을 이겨내는 한 그루 나무가 될 수 있다는 가능성에 대해 언급한다. 아니, 겨울나무와 자신이 조금도 다르지 않음을 암시한다. 이때 겨울나무는 단순한 생명체로서의 속성이 아니라 현실을 견디고 그 현실을 긍정하는 시인의 자세를 더불어 지니고 있는 존재라는 점에서 시인 자신과 다르지 않다. 겨울나무와 시인은 하나의 사람으로 함께 겨울 벌판에 서 있다. 불혹을 건너가는 시인이 사물에게서 느낀 존재의 깊이다. 나무는 길에서 발견한 또 다른 자신이다.

　흘러가는 시간

왜 미련이 남지 않지?

왜 아깝지 않지?

빨리 소멸했으면

기쁘지 않은

어제와

오늘

체념이 심장 위로 솟아오른다.

오히려 나를 자유롭게 하는가?

잎을 내려놓는다는 것은

…,

…,

체념이 아니라 의지여야 한다.

― 「가을 늦더위」 전문

　불혹의 막바지를 건너가는 시인은 '솟아오름'과 '내려놓음'
사이에 서 있다. 시인의 고백에 따르자면 솟아오르는 것은
"체념"이며 내려놓는 것은 "미련"이다. "흘러가는 시간" 속에
서 "기쁘지 않은" 일상을 살아가지만 "잎을 내려놓는" 이 가을
이라는 계절에는 미련이 남아 있지 않다. 이 시의 주체는 시

인으로 대변되는 나무임을 알 수 있다. 봄이면 잎 피우고 가을이면 잎 내려놓는 나무의 삶은 자신의 지난 삶을 돌아보는 동시에 다가올 삶을 스스로의 의지로 견인한다. 체념과 미련 사이에 놓여 있는 사십 대, 즉 불혹은 이제 지천명을 향해서 간다. 시인이 시집에서 반복하는 "시간"에 대한 인식은 인생에 대한 통찰인 동시에 마디 없는 전환점을 "순간"으로 지나쳐 온 연속된 성찰이다. "미련"도 없고 "아깝지"도 않은 지난 삶의 전환점에서 시인은 마침내 자신의 내부에 도사리고 있던 부정성의 "적"도 버린다. "적"이 있던 자리가 새로운 "의지"로 채워진다.

　　가만히 있지 못한다.

　　붙잡지 않으면 머뭇거리지 않고
　　그냥 떠나버린다.

　　머리를 흔들기만 하면 되니
　　얼마나 쉬운 적인가?

　　상념이여!

　　너의 명령을 따르지 않는다.

내가 주인이기 때문이다.

이제 자아들에게
상처를 지닌 과거들에게
명령할 수 있다.

사라져라.
관심 없으니 지나가라.

나는 빈 마음으로 해방 중이다.

ㅡ「해방 중이다」 전문

앞서 말했듯이 윤여건 시인의 시집이 단편적인 서정적 작품들의 모음이 아니라 전체적인 서사로 읽히는 단초를 이 시가 제공한다. "빈 마음"이 그 근거이다. "빈 마음으로 해방 중"이라고 말하는 시인의 삶의 도정은 과거로부터 비롯되지만 어떠한 단절 대신에 새로운 방향으로 그 지향점을 잡는다. "이제 자아들에게/ 상처를 지닌 과거들에게/ 명령할 수 있다"는 선언은 타인들에게가 아닌 자신에게 하는 모종의 선언처럼 들린다. 유추하자면 이는 자신의 지난 시간이 의지대로 흘러오지 않았거나 자신이 바랐던 대로 이루어지지 않았다는 것을 의미하기도 한다. 자신의 과거를 인정하고 긍정하는 마

음은 새로운 삶에 대한 자세를 가늠하는 시집의 지표이다. 후
회한들 무엇하겠는가. 그렇다고 해서 지난 삶이 달라지지는
않는다. 이를 깨닫는 데 바친 시간이 바로 자신이 걸어온 길이
다. 그리고 시인은 앞에 남겨진 자신의 삶의 시간 위에다 다음
과 같은 아주 소중하고도 작은 바람 하나를 덧얹어 놓는다.

다리와 허리를 이어주던 관절들이 빠져 버렸다.

못을 박거나 철사로 둘둘 말까 생각하다
그러지 않기로 했다.

그러다 번─쩍 번개가 스쳤다.

주저앉아 있던 뼈들을 맞춘 다음
책을 쌓아 받치니 탁자는 약간 구부정했다.

시집 한 권을 끼워 넣는다.
탁자가 젊은 장교처럼 억센 허리로 나를 끌어안았다.

탁자 위로 다리를 뻗는다.
책들을 바라보니 저마다의 가슴에 오목한 샘이 생겼다.

중력의 커피가 진하다.

샘은 조금씩 더 깊어 가겠지.

나의 시詩가 저 맑은 샘물 위에서 수평의 오차를 맞추는

작은 물기둥이 될 수 있다면 나는 더 아파도 좋겠다.

— 「더 아파도 좋겠다」 전문

스스로 주지적이거나 주정적이기를 애써 거부하는 시인의
시들은 '길-삶'에 대한 연동의식으로 치열하다. 그러나 그 주
제가 추상적이지 않고 구체적인 이유는 시를 읽음으로써 분
명해지는데, 이는 곧 상상력이 시의 출발점이 아니라 시인이
몸으로 체득한 경험적 사실들을 그 바탕으로 하기 때문이다.
구문句文들이 보여주는 구체적인 풍경들은 시인의 발걸음이
세상과 닿아 있는 우리 삶의 실제와도 다르지 않다. 허락된
지면이 넉넉하지 않기에 일일이 예를 들춰낼 수 없으나 시인
의 시들이 곳곳에서 보여주는 장면들은 우리가 삶에서 익히
경험할 수 있었던 공통의 무엇들이다. 집에서, 거리에서, 만
남에서, 그리고 지나온 여정들에서 우리들이 익히 겪어왔던
세상의 기억들이다.

시인은 불혹의 끝 무렵에서 지나온 자신의 삶을 시로써 되
돌아본다. 어떻게 살아왔는가를 확인하는 일은 앞으로 어떻
게 살아갈 것인가? 라는 의문의 명제와 맞물려 있다. 이를 두

고 시인은 섣불리 지난 시간에 대한 반성을 내세우지 않고 앞에 놓인 자신의 삶에 대한 어떠한 모진 결기를 다짐하지도 않는다.

여기에 바로 시인의 마음의 자리가 있다. 삶이 불혹을 지나 지천명을 맞이한다고 해서 무엇이 크게 달라지겠는가. 하지만 시인은 지난 삶에 대한 자기 확인의 기회를 자신의 시로써 갖고자 한다. "시간"과 "마음"의 길항관계를 앞으로는 조금은 다르게 갖기를 원한다. 이는 시인이 세상을 살아내는 동안 동시대를 살아가는 모든 이들의 "시간"이자 "마음"임을 확인하는 아주 좋은 기회가 될 것임을 예감하게 한다.

결국 '우리'는 모든 '나'로 한데 묶이지는 못한다. 시인의 시들이 말하듯이 이게 저마다의 삶이며 운명일 테다. 하지만 시인의 시들은 내가 곧 무수한 당신들과 크게 다르지 않음을 암묵적으로 말하고 있다. 시인의 "길"과 "마음"의 시들이 공감을 불러일으키며 영속성을 갖고 있는 이유이기도 하다. "나의 시詩가 저 맑은 샘물 위에서 수평의 오차를 맞추는/ 작은 물기둥이 될 수 있다면 나는 더 아파도 좋겠다"고 스스로에게 다짐하듯 고백하는 시인의 내일이 이 시대를 함께 호흡하고 있는 무수한 타자들과 더불어 행복하기를 빈다.

| 윤여건 |

1971년 충남 논산에서 출생했다.
2008년 『시로여는세상』으로 등단했다.
시집으로 『새를 꿈꾸지 않았다』가 있다.

이메일 : sollen720@hanmail.net

그의 목소리에서 바다 내음이 났다 ⓒ 윤여건 2018

초판 인쇄 · 2018년 8월 27일
초판 발행 · 2018년 8월 30일

지은이 · 윤여건
펴낸이 · 이선희
펴낸곳 · 한국문연

서울 서대문구 증가로 31길 39, 202호
출판등록 1988년 3월 3일 제3-188호
대표전화 302-2717 | 팩스 · 6442-6053
디지털 현대시 www.koreapoem.co.kr
이메일 koreapoem@hanmail.net

ISBN 978-89-6104-216-1 03810

값 9,000원

* 잘못된 책은 바꾸어 드립니다.

이 도서의 국립중앙도서관 출판시도서목록(CIP)은 서지정보유통지원시스템 홈페이지(http://seoji.nl.go.kr)
와 국가자료공동목록시스템(http://www.nl.go.kr/kolisnet)에서 이용하실 수 있습니다.
(CIP제어번호: CIP2018027118)